NAISSANCE & BAPTÊME

DE LA

POULE IMPÉRIALE

PAR

DEUX MEMBRES DU CERCLE IMPÉRIAL

PARIS

IMPRIMERIE ADMINISTRATIVE DE PAUL DUPONT

45, RUE DE GRENELLE-SAINT-HONORÉ, 45

—

1868

NAISSANCE & BAPTÊME

DE LA

POULE IMPÉRIALE

PAR

DEUX MEMBRES DU CERCLE IMPÉRIAL

PARIS

IMPRIMERIE ADMINISTRATIVE DE PAUL DUPONT

45, RUE DE GRENELLE-SAINT-HONORÉ, 45

—

1868

LA

POULE IMPÉRIALE

Dans un Cercle élégant, près des Champs-Élysées,
A l'entour d'un billard, où trois billes posées
S'adjoignent une quille ; à chaque jour du mois,
Vers l'heure où la fashion abandonne le Bois,
La Poule impériale assemble sa cohorte.
L'orgueil en est banni ; l'ennui reste à la porte.
Des billes chaque blanche est l'arme du combat.
La rouge, c'est l'écueil qu'il faut, en ce débat,
Sans le toucher jamais, tourner avec prudence ;
La quille, c'est le but cherché par l'espérance.
Pour la lutte on s'approche, et chacun de son rang
Attend d'être averti. Joseph reçoit l'argent,

Et d'un panier d'osier, du destin interprète,
Tire les numéros. A jouer on s'apprête.
Niewkerke, élégamment, faisant de l'art pour l'art,
S'avance le premier; soudain sa bille part,
Prend l'angle et mollement près la rouge se coule;
C'est un terrible acquit! Le second, de la poule,
C'est Gentil le croqueur; Gentil, joueur parfait,
D'un coup sec, sans broncher, recule par l'effet.
Mais, funeste disgrâce! il se livre, et sa bille
Au choc de l'ennemi va renverser la quille
Par un croisé savant, qu'a dessiné Beaumont,
Beaumont, le fin joueur, dont le coup d'œil est prompt,
Qui serait un héros, si, par la carambole,
Il n'avait contracté le mal de la rougeole.
La rouge est dans le coin; de Ranchicourt l'acqui
Derrière elle se met : deux fois malheur à qui
C'est à jouer. Hélas! c'est Lehon. Il palpite
Au coup qui le menace; il recule, il hésite,
Vise et revise, mire, ajuste lentement,
Mais il ajuste bien, il touche adroitement,
Même il masque à son tour; mais Worms, son antipode,
Aussi vif qu'il est lent, Worms que rien n'incommode
Ni n'arrête, en riant, sans viser, à l'instant
Joue, écorche, mais touche, et nous dit qu'il se vend.
Bataille, qui l'entend, sans hésiter l'achète;
Bataille qui toujours a présents dans la tête
Le tarif des achats, la valeur du marchand,
Et sait combien un point peut rapporter d'argent.

De Gouttes, du vendeur a repoussé la bille,
Par un coup trop éteint, jusqu'au pied de la quille,
Mais sans toucher le bois. De Belgique envoyé,
Un diplomate, épris d'un moyen employé
Pour éviter le sort du joueur qui se blouse,
Excelle à remiser sa bille dans la blouse.
De la peur d'être fait, Berthelin agité,
Gémit d'être privé de sa tranquillité :
Il médite un doublet ; mais son œil, qui n'ajuste
Qu'à travers un lorgnon, n'a pas ajusté juste.
Marcotte, l'Africain, en sa fantasia
De masse ou pistolet, soudain met à *qua*
Son ami, qui se plaint sous le coup qui le blesse.
Le doux Cahen, à qui tout chacun s'intéresse,
Dont la tranquillité, même au feu du combat,
Ne se dément jamais, sans bruit et sans éclat
Pousse timidement sa bille sous la bande ;
Vaine précaution ! d'un coup de contrebande
Du Coudray, loup cruel, assassine l'agneau.
Chacun en a frémi, l'alarme est au troupeau ;
Petit en est troublé ; par sa main incertaine,
Un coup mal dirigé dont il porte la peine,
Sur la rouge le jette ; il maudit l'accident.
Lambert, l'impétueux, d'un triplet imprudent
Renverse et fait rouler rouge, blanches et quille,
Au point que de la quille il enlève une esquille.
Triste retour, bon Dieu, des choses d'ici-bas,
Il aspire au triomphe, il tombe au premier pas !

Après lui, Vielcastel, savant dès sa naissance,
Au billard, dans les arts, brillant par sa science,
Donne un acquit masqué ; le ministre sans peur,
Cet athlète nerveux, Hollandais par le cœur,
Mais vrai Napolitain par la voix, par le geste,
Aussi prompt à viser, qu'à toucher il est leste,
Par deux fois du billard a fait toucher le bord
Au rival malheureux qu'il condamne à la mort.
Sur l'acquit de Varaigne, à jouer Block s'apprête ;
Mais sa bille sans force en son chemin s'arrête,
Et Joseph, qui de Block guida les premiers pas,
A le triste devoir d'acclamer son trépas.
David, en son élan, le plus brave des braves,
Se croyant aux combats où, suivi des zouaves,
Il battait l'ennemi, par son coup emporté,
Sur la rouge, ô malheur ! se voit précipité.
Les morts poussent les morts, les cadavres se pressent
En spectateurs rangés ; les ombres s'intéressent
Au combat qui s'échauffe en se rétrécissant ;
La mêlée est à fin sur le terrain sanglant
Et se change en duel. L'un des deux qui subsistent
Est Béhague, l'effroi de ceux qui lui résistent.
A vous faire, à masquer, habile également,
Il s'efforce à mater par un coup triomphant
Le seul de ses rivaux qui lui dispute encore
La palme du vainqueur et l'or qui la décore.
Mais l'autre est un héros blanchi dans les combats,
Par l'esprit il est jeune, il est fort par le bras.

De sa queue, au gros bout, consultant la puissance,
Il médite son coup, sur son rival s'élance ;
Il l'atteint en plein front par un brillant coup droit,
L'immole sur la quille ! Honneur au plus adroit
Qui ramasse la poule, objet de la campagne!
Vivat au général Lapeyre qui la gagne !

BERTHELIN.

4 avril 1856.

LE

BAPTÊME DE LA POULE

(AU DINER DE LA POULE)

———◦◦◦———

Puisque la poule ressuscite,
Et qu'elle renaît à nouveau,
Pour elle, cherchons au plus vite
Des noms quel sera le plus beau.

Si j'étais son parrain, quel nom lui donnerais-je ?
Il m'en vient un, mais oserais-je
La baptiser *La poule au pot* ?
Le nom pourtant paraît de circonstance
Et je sais même un roi de France
Qui l'eût choisi tout aussitôt.

Mais en songeant au joyeux rire
Que toujours notre poule inspire,
Je suis tenté, n'en soyez pas surpris
De la nommer : *La poule aux ris.*

Surtout n'en faisons pas *une poule mouillée,*
Il la faudrait plutôt d'éperons outillée ;
Car du premier jusqu'au dernier,
Lorsqu'autour d'elle on est en foule,
C'est à qui peut le mieux, sans la faire crier,
A son profit *plumer la poule.*

L'été nous disperse, on ne se voit plus ;
Mais bientôt l'hiver nous rassemble,
Et nous reprenons ensemble
Nos plaisirs interrompus.

Toujours la même bonhomie,
La même cordialité ;
Rien ne peut troubler l'harmonie
De notre cercle accoutumé.

Aussi, Messieurs, sans plus attendre,
Pour les bienfaits qu'elle a su rendre,
Pour ceux qu'elle promet encor
Buvons à *La poule aux œufs d'or.*

JULES PETIT.

21 mars 1868

LA

RECHERCHE D'UN PARRAIN

POUR LE BAPTÊME

DE LA POULE IMPÉRIALE

A l'occasion du Dîner de la POULE IMPÉRIALE, donné le 21 mars 1868, mon ami Jules Petit m'avait, à l'avance, confié qu'il voulait, en vers, célébrer le Baptême de notre Poule; abusant de sa confidence, j'ai brodé sur le sujet choisi par lui les quelques mauvais vers que voici :

La Poule dont Marcotte eut, en un jour prospère,
L'honneur d'être à la fois l'inventeur et le père,
Aussitôt, en naissant, pour sa gloire, porta
Le nom d'impériale : et ce nom lui resta.
Tel l'héritier du trône, au jour de sa naissance,
Du titre impérial fut doté par la France ;

Plus tard l'auguste enfant, aux fonts religieux,.
Reçut de ses parrains le prénom glorieux,
Que les Napoléon, dont il suivra la trace,
Ont su lui préparer. Serait-ce trop d'audace
Que de vouloir aussi, de notre chère enfant
Célébrer le baptême et choisir à l'instant
Quel sera son parrain ? A qui la préférence ?
Sera-ce un prince aimé, dont la mâle vaillance
Se plait à déployer la fougue d'un Murat,
Quand il brandit sa queue, énorme comme un mat,
Mais qui, plein de bonté, relève ceux qu'il blesse
Et rend la vie aux morts par un mot qui caresse ?
Ou sera-ce Gentil, dont le bras fatigué
S'endort sur un talent, jadis tant prodigué ?
.Brocard, le colonel, qui, d'un coup de cuirasse
Savamment préparé, vous frappe et vous terrasse ?
Ou Portalis le sage, un héros du coup droit,
Dont le souris muet accompagne l'exploit ?
Béhague, du mouton nourrisseur implacable
Forçant l'agneau Cahen à déserter la table ?
Ou le Batave Twiss, qui tout plein de douceur,
Quand un lutteur le tombe aime à dire : farceur !
Ou Crépey, la recrue, aussi fort que modeste,
Qui s'excuse et rougit du coup qui vous moleste ?
Le Ray, l'astre passant, qui trop rare en nos jeux,
Paraît et disparaît, prudent mais courageux ?
Pelouze, le conscrit, ou Brénier le novice,
Débutant parmi nous sous un aimable auspice

Et que semble attirer surtout la poule au pot ?

De Clerq, qui s'est armé d'un mortel chassepot,

Et qui, le front couvert, emblème de puissance,

Poursuit incessamment qui lui fait résistance ?

Legendre, mon filleul, par Laure trop heureux

Pour n'être pas toujours en argent malheureux ?

Jolibois, qui partout enlève les suffrages,

Orateur ou joueur, sans souci des orages

Que son double talent inspire aux envieux ?

Préfère-t-on Drouot; qui de la vieille un vieux

En remontre aux conscrits, en remontre à la garde

Dont il est général ? Ou bien Hulot qui garde

Le timbre de sa voix quand il tombe assommé ?

Ou bien Marcotte, enfin, dont l'écu fut sommé

D'un panache emplumé pour dire qu'il assume

Le droit de croquer seul notre poule qu'il plume ?

Besson qui, s'il voulait, pourrait aller bien loin ?

Conti qui, pour gagner, sait jouer avec soin ?

Anderson et Lacroix, deux joueurs volontaires,

Qu'on voudrait voir cesser d'être surnuméraires ?

Préférez-vous Petit, adroit à tous les jeux,

Magistrat excellent, poëte harmonieux,

Qui, tour à tour, au Cercle, au Palais, au Parnasse,

Trouvant le mot qui juge ou le coup qui terrasse,

Ou le vers qui nous tient attentifs à sa voix,

Montre qu'il faut courir trois lièvres à la fois ?

Qui sera donc parrain ? Qui préférer, qui prendre ?

Consultons les témoins ; ils pourront nous apprendre.

Qui doit être choisi. Ces témoins assidus,

Voyez-les, à nos jeux, spectateurs bienvenus :

C'est Buquet, vétéran d'une lutte joyeuse,

Qui, comme Charlemagne, a posé sa Joyeuse,

Et couvert de lauriers, applaudit aux jouteurs;

C'est le grave Reinach, arbitre des lutteurs ;

Bachon, qui dès longtemps connaît tous leurs manéges ;

De Gouttes, professeur, qui démasque leurs piéges ;

C'est Bouruet, des paris fanatique amateur ;

Bétancourt, des Pouleurs studieux spectateur.

Mais le parrain, grands dieux! le parrain du baptême?

Sera-ce celui-ci, celui-là ? Mais moi-même?...

Qu'aï-je dit? Qu'ai-je fait? M'offrir pour candidat,

Moi qui d'un ami sûr ai trahi le mandat,

Qui, sachant le sujet que son esprit médite,

Ai volé sans pudeur sa pensée inédite !

J'ai péché, punissez le vol prémédité ;

Sifflez-moi, mes amis, je l'ai trop mérité!

BERTHELIN.

21 mars 1868.

Paris.-Imp. PAUL DUPONT, 45, rue de Grenelle-Saint-Honoré. (1366.3 8)

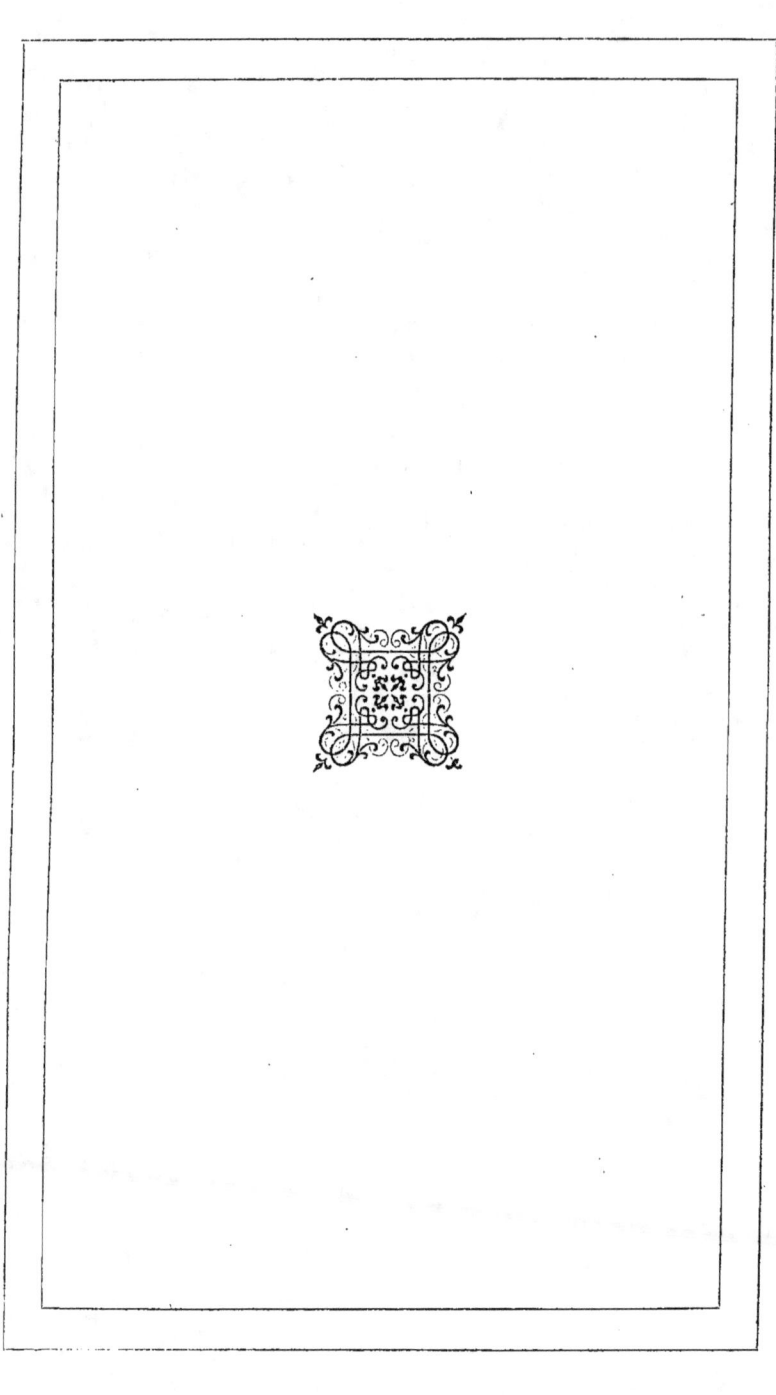